望郷・ふる里福島

東日本大震災と、その他つれづれ

田島真知

Machi Tajima

文芸社

はじめに

我がふる里の野山には季節の花々が咲き乱れていました。

毎年お正月とお盆にはふる里に帰り、家族揃って楽しいひと時を過ごしていました。

家族の帰りを「早く帰ってこないかなあ」と待ちわびていた人たちがいたのです。

ふる里の人々はいつも笑顔で迎えてくれました。待っている人がいるという幸せがありました。


――あの日から数年が過ぎました。

お正月やお盆の季節が巡（めぐ）ってきても、ふる里には帰れません。
待ちわびていた人たちも、もう誰もいなくなってしまいました。

平成二十三年三月に起きた未曾有（みぞう）の震災は、東京電力福島第一原子力発電所を予想外の津波となって襲いました。その日から、空も海も澄みわたっていたふる里の大地は……。

ふる里は、何の変哲（へんてつ）もないところだったけれど、自然に恵まれた豊かな土地でした。
ふる里への想いは永遠なのです。
野山に咲く花も、空の雲も、小鳥たちも私の友達でした。

秋半（なか）ば　松ポックリの　懐かしさ

松ポックリも、赤トンボも友達でした。だから、いじめや排除など、言葉も聞いたことがなかったし、考えられませんでした。友達はみんな違って一人一人個性的でした。違うからいつまでも友達でいられたのです。

人も物も自然も大切に、まっすぐに生きるという生き方をさりげなく教えられていたのです。

不便で清貧だったけれど、今はとても大切なことを教えられて育ったように思います。

目次

私の東日本大震災体験

母の帰宅願望

二〇一一年（平成二十三年）三月十一日（金）、午後二時四十六分、東北地方にマグニチュード九・〇の巨大地震が発生した。

次の日、福島第一原子炉の事故による放射能漏れがわかり、半径三〇キロメートル圏内に住んでいる住民に圏外への避難が勧告された。

私の実家は福島県の帰宅困難区域である。原発事故のテレビニュースは正視できない状態であった。

三月二十一日、九十一歳になる私の母が避難所を転々と移動したあと、突然都内にある我が家に避難してきた。

着の身着のままで長男の車でやってきた母に、

「だいじょうぶ？」

と声をかけると、

「何がなにやらわからない」

と言いながら、疲れきった表情で挨拶した。

未曾有の大震災と人災によって家族は突然バラバラにされ、避難を余儀なくされた。跡取りである二男夫婦は埼玉県のアリーナに避難している。そしてテレビや新聞のニュースは、いつ帰れるかわからないと報じている。

帰りたいのに帰れないほどつらいことはないはずだ。実の娘の家とはいっても、私の夫は他人であり、お互いに気をつかわないはずがない。どんな家でも、自分の家ほど安心する棲家はないだろう。

母は私の家族となり、一緒に食事をしているが、三度の食事のたびに「家に帰りたい」「家に帰りたい」を繰り返し言っている。

「友達のAさんとBさんに会いたい、どこへ行ったの、毎日三人でお茶飲んでおしゃべりして楽しかったのに」

友達が心配しているから、今すぐ帰りたい、と言う。

今すぐ帰れると言える状況ではないが、必ず帰れるからと、私はオウム返しに対応している。

そんなある日、母の帰宅願望の熱はさらに高くなり、とうとう爆発してしまったらしい。痛い足を引きずるようにして我が家から出て行ってしまったのである。

母は、半月板の手術の後に左の下肢の痛みがあり、食後に鎮痛剤を飲んでいる。その母が広い通りへ歩いて行く。タクシーを拾って駅まで行くつもりらしい。私が後から追いかけて行くと、途中で道路にしゃがみ込んでいた。

なだめすかして家に連れて帰ったものの、母の帰宅願望は強くなる一方である。

「必ず帰れる日が来るからね、それまで元気でいようね」

「友達と、もう一度、一緒にお茶を飲める日まで頑張ろう」

理不尽と思いつつ励ましている。

カサゴの稚魚

我が家に避難してきた高齢な母は、慣れない都会の生活に馴染めないでいるようだ。

私も、なるべくリラックスできるように気配りしているが、何しろ突然のことで戸惑っている。気がつかないことや、うまくいかないこともある。

食事は、自力で食べられるので問題ないが、食事の途中で入れ歯が気になるようす。何か不具合のようである。できるだけ食べやすいように考えているが、私も慣れない対応である。まして入れ歯はどうにもならない。

そこで、私の知っている歯科の先生に相談し、診てもらうことになった。

母には右下の犬歯（けんし）だけが残っていた。この一本の歯に合わせて上下の義歯を作ったと言っている。だが、避難所を転々としてきたので、上の歯をどこかに置いてきたらしい。他に、「おくすり手帳」はバッグの中に入っていたが、痛み止めの薬はなかった。避難中、どこかに置き忘れてきたのか、飲みきってしまったのかわからない。

母は新たな義歯を作ることになった。

治療台に乗って、金魚のように口をパクパクしている母を見守りながら、私は、これからのことを考えるでもなくぼんやりしていた。

と、その時、椅子が揺れた。余震である。

私は、不安な気持ちで、じっと揺れが静まるのを待った。

「けっこう揺れたね」

「怖いね」

という先生の声が聞こえた。

治療台の奥の方に水槽が置いてあり、小さい魚が泳いでいる。

カサゴの稚魚だと先生が言った。

稚魚の背びれは桜の花びらのように、尾びれは絹糸のように左右にヒラヒラと揺れ、優雅に泳いでいた。

私は、カサゴの稚魚に癒(いや)されながら治療が終わるのを待った。

帰宅して、さっきの地震の震源地は茨城県鹿島灘沖で、震度五・〇と知った。

余震はいつまで続くのだろうか。

どちら様ですか

五月六日金曜日、ゴールデン・ウイークも終わって渋滞の心配もなくなった頃、夫と私と私の母は、夫の母親が入っている特別養護老人ホームへ行くことにした。

ホームは栃木県の田んぼや畑、雑木林（ぞうき）に囲まれた閑静なところにある。

久しく会っていない夫の母親に会いに、震災の影響で避難してきている母を連れて行った。寂しい母の気分転換にもなれば良いと思ったのである。

八時三十分過ぎに自宅を出た。車は扇大橋で高速に乗り黒磯インターを目指して走る。帰宅願望の強い母は、後ろの座席で車窓の風景を飽きずに見ているようす。今回の行程は一応説明している。

途中パーキングエリアでトイレタイムをとる。日頃は勧められると断るたちだが、今日は素直に用をすませた。もしかすると、自分の家に帰れるのではないかと期待しているのかもしれない。

ともかく私としては、何事もなく行って帰ってきたいと思っている。

十時半、黒磯インターを下りて市内に入った。目的地には十一時頃着いた。

姑（しゅうとめ）はホームの玄関先で、車椅子に乗って出迎えていた。

私たちは職員の方に案内されて面会室へ移動した。姑と夫と母と私は、テーブルを囲んで久しぶりに顔を見合わせ、お互いに元気だったとホッと安堵（あんど）した。

姑と夫は隣同士に座っている。お互いにずいぶん会っていない。

姑が、

「あなたさまは、どちらさまですか」

と夫に聞いた。夫は、

「あなたの息子ですよ、子どもの〇〇夫ですよ」

と答えていた。姑は、

「ただ今どちらにお住まいですか」

「一緒に暮らしたことはありますか」

など、しきりに質問している。

「子どもの頃のお顔とだいぶ変わっていますからね」

と言って、姑は困ったように右手を額に、左手を胸に置いて思い出そうとしている。

隣で聞いていた私の母が、

「今年、何歳になりましたか」

と問いかけた。

「私ですか、九十五歳になります」

「そうですか、九十五歳には見えません、若いですよー」

「九十五歳には見えませんか、嬉しいです」

姑と私の母は楽しそうに話していた。おしゃべりは続きそうであった。

「久しぶりなので、写真を撮っておこう」

夫がそう言ったので、私は手提げ袋から携帯電話を取り出して、カメラの機能を呼び出した。

お互いに歳で、今度いつ会えるか分からない身である。そう思うと携帯電話を持つ手が緊張した。

良い記念写真が撮れたと思ったら、昼食の時間になっていた。

帰るとき、

「皆さんに来ていただいて本当に嬉しいです。有難うございます」

と背筋をピンと伸ばして丁寧に挨拶している姑の姿は、昔とさほど変わっていないように見えた。しかし夫に、

「私、一人では生きていくことができなくなって困りました」

と、言っているのが聞こえた。ちゃんとわかっているのではないか、と私は感じた。姑は、自分で自分のことができなくなってしまったことを知って苦しんでいるのではないだろうか。

帰りの車の中で夫が言った。

「お袋の顔色はよかったな、あの分だと百歳まで、長生きするなー」

どちら様と言われて、落ち込んでいるのではないかと気にしていたが、意外に冷静だった。

平成二十三年五月

〈追記〉

息子に「どちら様ですか」と聞いていた姑も平成二十八年五月、百歳と五ヶ月の天寿（てんじゅ）をまっとうした。波瀾万丈（はらんばんじょう）の人生だった。

母の入院と涙

未曾有の大震災によって、娘である私の住む家に避難して来ていた母が入院することになった。

元気だった時、母は自力でなんでも食べ、トイレも自分でできるといい、シルバーカーを押して散歩もしていた。

母は昨日、九十一回目の誕生日を迎えたばかりであった。東京のど真ん中で誕生日を迎えるなど、夢にも思わなかったらしい。離れて暮らすことになった家族の食事のことを、きちんと食べているのかと心配していた。また、亡くなった父のことを、「置いてきてしまった」と気にしていた。緑に囲まれた田舎（いなか）の暮らし、父と暮らした日々を急に思い出すようになり、都会と田舎の環境の違いも感じてきたし、私の夫にも気をつかっているようすであった。ストレスが母の体に障（さわ）らないように、区のケアマネジャーさんに相談していた。担当の人は快く話を進めてくださって、近くの在宅高齢者通所サービスにお世話になっていたのだが、通所で友達もできた頃に入院となったのである。

昔からちょっとしたことでは病院に行かなかった母が、連れていってほしいと言ったので、すぐに町内の病院へ連れていった。受診、検査の結果、貧血が進んでいると治療を勧められ、入院となった。

原発は安全と信じていた母。気丈夫な母であるが、疲れが出てきたのではないかと思った。

入院した日の夕方、母は急変して、命が危ないと言われた。

院長先生の話を聞き、避難先の家族に緊急連絡を入れた。驚いた家族は夜の十時過ぎに新幹線や車で駆けつけてきた。

母は呼んでも反応がなくなっていた。ＩＣＵに入り、酸素マスクを着け、モニターでの監視つきで輸液と輸血などの治療が続けられた。


しばらくして、母は元気を取り戻した。検査の結果、腸内からの下血とわかった。貧血が進んだ原因がこれではっきりした。

入院して元気になるまでに特につらかったのは、点滴中の抑制や禁食のようだった。毎日面会に行っていたが、時々涙を流していた。

「どうして泣いているの」

と聞いたら、

「母ちゃんだって泣きたい時もあるよ」

と言った。

大正生まれの母が、人にはばかることなく泣いているのを見たのは初めてだった。食べたい時に食べられないという事態は、涙が出るほどつらかったであろうと想像できる。

車椅子に乗せて院内を散歩したり、気分を変えたりして、症状は順調に回復していった。大の病院嫌いの母が、つらい時間を乗り越えて退院した。特に夜勤の看護師さんにはお世話になったと思う。この場を借りて、心からの感謝を申し上げたい。

泣いたこともすっかり忘れて幸せそうな母の顔を見ていると、私の心も幸せに包まれた。いつまでも元気でいてほしいと願った。

平成二十三年八月

福島のお米を買いに

　十月最後の日曜日、近くのスーパーマーケットにお米を買いに行った。中旬頃に買った新米を食べ尽くしたので、今夜の夕食の準備である。

　風評など気にしたくない私は、この季節になるといつも故郷のご飯を食べたくなる。ところが今日は、故郷産のお米がいつもの場所に置いていなかった。

　故郷産以外のお米の袋は山積みになっている。不思議に思いながら、売り場が変わったのかと店内をさがした。だが見当たらなかった。ガッカリして帰った。

次の日、ＮＨＫテレビは福島産の米を取り上げて、放射能の残留値を測定しているると伝えていた。検査の結果は問題なく、放射能による汚染は否定され、安全であると言っていた。この検査のため、店頭になかったのである。

故郷米が店頭に並ぶ日はいつくるのかと気になっていた。風評など気にしたくない。私にとって、故郷の新米はともかく美味しい。そう思うのは私が生まれ育ったふる里を大切に思うからかもしれない。選択は自由である。一人一人の認識が問われているのではないかと思った。

いつものスーパーのいつもの場所にふる里の米がないと不安になり、あるとホッとするから不思議である。

復興米、幸福米を食べながら、避難しなければならないという事態もまた思考しなければ生きていけない時代に突入したのではないかという気がした。

八重の桜

ＮＨＫの大河ドラマ「八重の桜」を観ています。

ドラマの進行は中ほどですが、会津は徐々に攻められて、苦境に立たされています。

私は昭和四十九年からおよそ三十年間、都内の大学病院で働きました。建物は近代的に変わり、コンピューターシステムが導入され、最新型の医療器械に入れ換わりました。仕事がより早くできるように合理化されたのです。治療、検査、処置が迅速に行われ患者様の苦痛や負担が軽減されるようになりました。誤解されないように申し上げれば、人間が合理的に処置されるようなことがあってはならないのですから。

建物の中で働く人たちの関係を顧みると、歴史は現在と申しますが、今も明治維新の頃とさほど変わっていないのではないかと思いました。それどころか恨みつらみが長いこと引きずられて、今のような閉塞感につながっていると考えても過言ではないように思いました。

長州、薩摩、肥後、京都方面から上京して来た人たちと一緒に働くこともありました。大変優雅にお働きになっていたように思います。すべての人がそうであったとは申し上げられませんが、どうしてこうも違うのかと不思議に思っていました。過労死や過重労働が問題となっている中で、優雅に働いていた人たちと申しますのは、「昔、俺の先祖は○○の武士であった」とか、その「親の七光」とでも申すのでしょうか、何もしなくても出世の道が約束されているような人がいたのです。

現代の人工知能（ＡＩ）とか介護ロボット、宇宙旅行も可能な時代に考えられないことですが。

やはりこの国の未来のために放ってはおけないと思うのです。

「勝てば官軍負ければ賊軍」など、百年以上も前の話ですから、恨みつらみが現在も存在しているとは知る由もなかったのです。福島県人の中には現在もなお、「反政府の人間」などと話を捏造されて、無実の罪で神棚に上げられ、社会で生きていけなくされている人がいることに気がつきました。

「戦わずして勝つ」という薩長の戦略に、何の疑念も抱かず戦っている会津のまじめな姿は見ていて自分と重なって切なくなります。会津を上手に使った明治維新のリーダーは、あの戦いで、自分の代はもちろん孫子の代まで、使いきれないほどの莫大な財産と地位と名誉を得ることができたのではないでしょうか。

薩長、そして京の岩倉具視という人の、自分たちの利益を優先した、相手をその気にさせることの巧みさ、事の運び方が実に上手だと思います。

今にして思えば福島出身の私は上手に使われていたと思います。薩長のスタッフの中には、明らかに明治維新を意識して働いていた、というよりも誰かに働かされていたのではないかと思います。また従わなければ生きていけない状況にあったのではないでしょうか。好意的でよく働く人たちでしたから、彼女たちが悪いとは考えられません。すべてお上の方の指示の元に動かざるをえなかったように思います。現実の生活のために。

「福島は役立たず」と言わんばかりのスタッフもいました。口元を一文字に結び、大袈裟（おおげさ）にいえば憲兵のような態度で管理者側の立場で上からの目線で見ていたし、そのうえ「天皇は私たちが守っている」といわんばかり。すべての国民が守っていると思うのですが。彼らは、いつまでも自分たちの思うようにしたいのではないかと思ってしまいます。

今回もなぜ再び福島に取り返しのつかない事故が起こったのでしょうか。確か爆発するまで二十四時間も時間があったと思います。福島だからと、傍観していたのではないでしょうか。
また、未だ進まぬ復興はなぜなのでしょうか。そのうえ復興費用の不正流用など、とんでもない話のように思うのですが、誰もまた何も言わないのはなぜなのか……。

先祖代々大切に守り続けてきた家や土地を失い、家族はバラバラの状態で避難生活を強いられているにもかかわらず、そのうえ一向に進まない復興と、復興費の不正流用など、地元の人たちの叫び声が聞こえないのでしょうか。速やかな復興に向けて誠実に対応してくれるよう、お願いしているのではないでしょうか。

ふる里の人たちには控えめな人が多く、なかなか物事を率直に言えない人がいるのではないかと感じます。

ご自分がそこで生まれ育ったと感じてほしいと思います。

原発に関するさまざまな情報を聞いていると、放射性物質の含まれている

strontiumが特に若い細胞に反応して造血機能を低下させると申しますので、ふる里の子供たちの健康が心配です。

後期高齢者の母親は避難所を転々と移動し、娘である私の家にやっとのことでたどり着き、崩れるように玄関に座り込みました。迎えに行く時間がもう少し遅ければ死んでいたかもしれません。

家族は現在もバラバラになって生活しています。一緒に住んで、やっと家族と言えるのではないでしょうか。

二〇一三年

母の日

母の日に、母の散髪に出かけることにした。九時に自宅を出て、電車を乗り継いで母が利用している施設へ着いた。

毎月一回訪問しているが、二か月に一度は散髪をかねている。今日は、その散髪の日なので手提げの中にハサミや櫛（くし）を入れてきた。

施設に着いて介護の方に散髪の件を話すと、今日は午後から一周年記念の催しが予定されているから昼食の時間がいつもより三十分早まるという話だった。

昼食までに仕上げようと、早速母を車椅子に乗せて散髪を始めた。

「伸びるのが速くて困る」とか「簡単でいいから」と母が言えば、「元気な証拠」とかなんとか私も言いながら散髪を終えた。

お昼はちらし寿司の祝い膳だった。母は、

「一緒に食べよう」

と言って、ちらし寿司を上手に箸にのせて食べさせてくれた。子どものように食べさせてもらった。日頃から「ここのご飯は美味しい」と言っていたが、本当に美味しかった。花麩の入った澄まし汁の塩加減もよかった。

母は、「この頃忘れっぽくなって困っている」と言っている。認知症が進んでいるのかもしれないが、今のところ多少の食べこぼしはあるものの、汁の味への感覚も確かなようで、心配しなくていいだろう。

午後には一階のホールで一周年記念と母の日のお祝いがあった。歌や踊りとブラスバンドの音響がホールいっぱいに流れている。

♪うさぎ追いし　かのやま……

最後は「ふるさと」の歌が流れた。急に、母と過ごしたふる里を思い、涙が込み上げてきた。

涙が止まらないので早めにタクシーで帰宅した。

帰宅途中でお花屋さんの店先に赤いカーネーションが並んでいた。二十代と見える青年が五十代に見える母親に花のポットを選んでいた。

私は散髪のプレゼントをして、母の日を祝った。

悪夢の東日本大震災から一年二か月の月日が流れている。

平成二十四年五月十三日

最後は

平成二〇一一年（平成二十三年）三月十一日、千年に一度という未曾有の大震災が起こった。この地震の影響で、東京電力福島第一原発は爆発した。ふる里の人たちは避難を余議なくされた。想定外の事故が起きたのである。私たちも、実際、何が起きたのかはっきりわかっていなかった。

数か所の避難先を転々と移動して、三月の何日か忘れたが、母は、娘である私の家に避難してきた。玄関先で、何が何だかわからないが、とにかく自分の家に帰りたいと言った。

帰宅願望を繰り返し口にしていた母は、体調を崩して入院した。五十日前後入院していたら元気を取り戻した。

家族はさいたまアリーナに避難し、それから加須高校へ移動していった。加須高校に近い施設に入所した母。そこでも帰宅願望を訴えていたらしい。

ふる里へはしばらく帰れないという情報だった。


事故から五年経った昨年の三月、母は暮れから体調を崩して入院していた病院で亡くなった。もうすぐ桜の花が咲く頃に、生まれ育ち、嫁いで私たちを生み育てたふる里へ、とうとう帰れないままに……。

事故が起きなければ子や孫に囲まれて何不自由なく暮らしていたはずの母。避難先近くの病院で九十五歳と九か月の生涯を閉じた。

健在であった頃、母は「自分の家の畳の上で死にたい、最期は畳の上が一番いい」と、自分の家で最後の時間を過ごしたいと言っていた。その母の希望を叶えてあげたいと日頃から思っていた私は、予想もしなかった出来事のために叶えてあげることができなかった。
おんぶ、抱っこで育ててくれた母の夢を今も想う。
再び家族に囲まれて暮らせる、その日が来るのを待ち望んでいたことだろう。
残念でならない。
先月一周忌が済んだ。原発という名の安全神話は、ただの神話であった。

平成二十九年四月

折にふれて　徒然綴（つづ）り

磯菊（いそぎく）の花はレモン色

季節は晩秋、夕陽は釣瓶（つるべ）落としのように素早く水平線に落ちていく。頬（ほお）を過ぎる風も冷たくなってきた。

私は、時々近くの海岸までブラッと散歩に出る。誰もいない断崖に立ってひとり、水平線に入る夕陽のようすを見ている。ただそれだけのことが、何よりも私の心を癒してくれるから。

夕陽が水平線に沈んだ後の残照という時間がある。残照は、白い雲をオレンジ色に染めるところから始まって、けっこう長い時間楽しめる。まるで特別な映画を見ているように、自然のパノラマはドラマチックに変化する。

空も海も雲も飛ぶ鳥たちも黄金（こがね）色に光り輝いて、やがて帳（とばり）が下りる。

明日というあらたな世界が待っている。

大小の溶岩に打ち寄せる波の音も静かだ。

帰り道、無数の溶岩がゴロゴロ転がる海岸の道を歩いた。道端にレモン色の花が咲いていた。地元の人に名前を聞いたら磯菊といった。

黄昏（たそがれ）の散歩路で出会った花は、訪れる人を照らしている。

冷たい風雨にさらされながら、懸命に生きている。

折れそうになる心を、磯菊の花のようにありたいと願い、なお自分らしく真っ直ぐに生きて行きたいと願う。

自然の美しさの中にお金では買えない何か大切なものがあるようだ。

大切に守って次の世代に贈りたいと祈るのである。

平成二十二年十一月（三宅島にて）

カナダへの旅

二〇一一年、私はカナダのマンションに滞在した。カナダに暮らす娘を頼っての旅だった。

毎日の食事は私が作った。

娘の住む隣のビルの一階にはスーパーマーケットがあり、肉や野菜、ワインなどほとんどの食材が揃っている。毎日買い物に出掛けていると、カードの使い方にも慣れた。一人で買い物ができるようになった。

店頭には果物や野菜が山のように積まれ、新鮮で豊富だった。近くで獲(と)れるというサーモンも新鮮で、バターで軽く焼いて食べた。美味しいサーモンを充分に味わった。

　パンよりご飯の好きな私は、カナダ産の寿司米を使って美味しいご飯を食べていた。食材の中でパンと肉が特に安いと思った。消費税は物によってかかるものとかからないものがあった。

　電車やバス、路面電車は東西南北に走り、時間も日本のようにキチンとしていた。

　私たちが滞在したマンションはオンタリオ湖の湖畔に建っていた。二十階からの眺望は素晴らしかった。大きな窓から日の出や日の沈む美しい風景が絵のようにも見えるところだった。世界一高いといわれるＣＮタワーは歩いて行けるところにあった。（その後、日本のスカイツリーができた）

　賃貸マンションでは光熱費はかからなかった。個人のテレビや電話、コンピューター等の通信の類は費用がかかった。

　近くにはロジャーズセンターやトロント大学もあった。トロント大学の由緒ある風情ただよう構内を見ながらショッピングに出かけた。マップに載っているケンジントン・マーケット市場にも行った。かなり広いスペースである。一部を回り、帰宅した。

日本に帰る頃、「カサ・ロマ」という映画にも登場する、有名な邸宅を見に行った。トロントに電力をもたらした資産家、ヘンリー・ペラット卿（きょう）の邸宅で、一九一一年に着工され、三五〇万ドルの費用と三年の月日をかけて完成したという建物は、邸宅というよりお城であった。

テーブルや椅子ソファー、絨毯（じゅうたん）、絵画、ピアノなど、世界各国から取り寄せたという調度品は目を見張るばかりの豪華な品物であった。贅（ぜい）を極めた生活が窺（うかが）えた。

帰国の日が近づく頃になると、クリスマスを間近に控えて国全体が盛り上がっていた。デパートではサンタやトナカイのにぎやかな飾りつけがされていた。マーケットの表玄関にはモミの木もあり、中から七面鳥の丸焼きの香ばしい匂いもして、もうすべてクリスマス一色である。

買い物をすませて路面電車を待っていたら、一人の老婦人がクリスマスソングを歌いだした。明るく澄んだ声で、「もうすぐクリスマス、嬉しいな」と幼女のように歌っている。電車を待つ人たちは黙って聴いていて、婦人が歌い終わると褒め称えた。

それはごく自然な出来事であった。知らない者同士がこんなに優しい社会ってあるのだ。素敵だなあと思った。

ここの暮らしは自然で素朴で、人間っていいな、と思った。

多民族が集まって多文化を上手に形成し、融合していると感じた。

平成二十三年暮れ（カナダのトロントにて）

大河のながれに

初冬にナイアガラの滝を訪ねた。
夜の帳が下りる頃ナイアガラに到着した。
流れは虹色にライト・アップされていた。
水の音を枕にいつしか眠りについた。
目を覚ますと、ホテルの窓から暁（あかつき）の空の下に、
羽衣（はごろも）のように河は流れていた。
水の流れは滝壺（たきつぼ）へ真っ逆さまに落ちて
激しくしぶきを上げている。

河の近くまで歩くと

流れの勢いはまるで竜神のようだ。

この世の悩みや苦しみを一瞬に呑み込んで

呑み込んですべてを消してしまう勢いだ。

命さえも。

それなのに何か魅(ひ)かれるものがある。

ゆうゆうとした流れを見ていると

訪れた目的を忘れる。

いつだったか、日本の女子大生が訪れて

目的を果たしたというニュースが流れた。

大河は幾千年も涸(か)れることなく流れ続けて

この世のすべてのものを見守っているかのようだ。

太陽と水とともに、大河のながれは私たちの生命である。

夏の季節

「暑いから、明日は海に行こう」と、学校が夏休みに入ると家族で海水浴に出掛けた。初めての海は怖かった。「大きな波が突然やってくるから、波にさらわれないように」と注意された。

照りつける太陽は砂浜を鉄板のように熱く焦がしていた。足の裏が火傷しそうで、海に向かって走った。海の水はヒンヤリとして子どもも心にも気持ちよかった。

波打ち際で、時間を忘れて遊んだオカッパのヘアスタイルだった。思い出は数えきれない。波消しブロックの陰にいるカニを捕まえたり、打ち寄せる砂浜に穴を掘って可愛い湖を作ったり、富士山のような砂の山を作ったり。完成の喜びもつかの間、湖も山も波に流されて、それでもまた作り直して遊んだ。ちょうどいい加減に遊んで、お腹が空けばスイカやトウモロコシをおやつに食べて、お昼ご飯は母の作ったゴマ塩味と紫蘇味のおむすびだった。遥かな水平線を見つめながら食べるおむすびは美味しかった。

波は少し荒かったが、海は透明で蒼く澄んでいた。

年に一度は家族で訪れた思い出の海水浴場であったが、現在はもう訪れる人もない。

田舎のお盆は旧盆で行う。遠く離れて働く若い人たちが帰ってくる。久しぶりに再会した家族は無事を喜び合っていた。それから先祖の墓にお参りするのがならわしだった。私自身、もの心ついた頃から家族と一緒にお墓参りをする習慣が続いた。

最近、日野原重明先生という有名なお医者さんが百五歳で亡くなったというニュースを聞いて残念に思った。合掌。人は死んでもまた生き返るという、『葉っぱのフレディ』（レオ・バスカーリア著）の話は私も大好きだ。こうして人は生まれて死んで、また生き返る。命は繰り返され、つながっているという。人の命も葉っぱにも命が宿っているという。絵本を通して子どもたちに命の尊さを語っているように思う。日野原先生のエッセイが浮かんでくる。

お盆の頃のお祭りも楽しみの一つであった。都会で働くお兄さんやお姉さんが帰ってくるので、お祭り広場は一層賑やかになるのだ。近くの神社から笛や太鼓を練習する音は昼から聞こえてくる。日が暮れると一段と鳴り響いて、そわそわウキウキ。母の仕立てた浴衣を着て、祖母の買ってくれた紅い鼻緒の下駄をはいて、夜の帳が迫る頃、父に手を引かれて村の氏神の社に歩いていく。なんとも幸せだったあの頃……。

小さい頃の思い出は忘れようにも忘れられない。あのフワフワした甘い綿菓子の味も。幸せの綿菓子を頬張りながら、大人たちの盆踊りを見ていた。夏の夜の花火大会も楽しい思い出の一つ。わざわざ隣の町の海岸へ出掛けたこともあった。

思い出の海岸は、今は何もない賽(さい)の河原(かわら)のような荒涼とした野原に変わっていた。あの時の家も何もかも流されて一片もない。

平成二十三年の東日本大震災で跡形もなく流された。我が家のお嫁さんの家も家族も流されてしまった。

震災後に一度現地へ足を運んだが、別世界に来たようで「二度と目にしたくない」という光景だった。

防波堤に腰掛けて、夜空に打ち上げられた花火の数々、美しかった思い出だけが走馬灯(そうまとう)のように脳裏に浮かんで消えていく。何もかもを引いていく、津波の脅威を思った。

明治生まれの祖母は自然やご先祖様を大切にする人であった。仏様に上げる花々を自分で育て、お盆を迎える頃に見事に咲かせる。紅い鶏頭の花や鳳仙花、百日草など……祖母の咲かせた美しい花を手に、幼い時分から私は家族と一緒にお墓参りをしていた。転ばないように、と家族に見守られながら。

蛍と遊んだ宵の思い出も懐かしい。子どもの背丈ほどに伸びた稲の波の上を蛍が飛び交う様は子ども心にも幻想的であった。

「ほう　ほう　ほたる　こい
あっちの水は　にがいぞ　こっちの水は　あまいぞ」

蛍を呼ぶ声で捕まえて虫籠に入れ、家の中で蛍の光を楽しんだ。もちろん家の中の電気はわざと消して、真っ暗な闇にして遊ぶことが楽しかった。

蛍が飛び交う頃には真っ赤に熟れたトマトが、そしてナスが、キュウリが豊かに実り、特に雨が降った次の朝は一晩で大きく成長して、困ったという母の顔を思い出す。太陽の味がしたトマトは私の大好物で、今も毎日の食事にトマトは欠かせない。

母の作るキュウリもみの酢加減も好きだった。酢の物が好きになったのはこのためかもしれない。時々思い出すと、懐かしの味を作っている。

スイカもトウモロコシもすべて自家製だった。豊かな自然に恵まれた自然な生活、なんと贅沢（ぜいたく）な暮らしをしていたのかと振り返る。当時はなんと貧しい生活なのかと、特に中学生時代は悩んだのだが。

なぜ悩んだのか。故意に貧しいと言われたこともあったからだ。そのわけは半世紀以上経ってわかった。

戦後の貧しい時代に生まれ育ったのだ。皆がそうだから、言われても気にすることはなかった。両親は、清貧の生活の中で自分たちの真っ直ぐな生き方を貫いてきた。無償の愛で子どもたちを守り、育ててくれた。今は亡き両親に感謝の気持ちでいっぱいになる。

今ごろの季節は庭の百日紅（さるすべり）のピンクの花が満開に咲いているだろう。帰らぬ家族を待ちわびているのではないかと思う。

赤とんぼよ

今年も旧盆の季節を迎えて、テレビは故郷へ向かう家族の風景を放映している。

私たち家族も一昨年まではお盆とお正月は故郷に帰り、家族に会えるのを楽しみにしていた。お土産（みやげ）をたくさん持って帰るのも楽しみであった。

故郷の家族もまた「早く帰ってこないかなあ」と待っていた。親子兄弟姉妹が集まって、お互いに元気な顔を見ると安心した。それから家族が揃って父の墓前に「無事に暮らしている」と報告していた。

私の実家は福島県の帰宅困難区域である。昨年の東日本大震災の二次災害で、お盆やお墓参りの予定はなくなってしまった。

特にお盆の季節はふる里を懐かしく思う。お盆を迎えるとどこの家も忙しく活気づいていた。家を出て働いている家族が帰ってくるからである。我が家もよその家族と同じように座敷を掃き清めたり、仏壇に花を供えたり、帰京する家族のための食事を準備したり、一家で待ちどおしかった。

お盆というご先祖の供養は、床の間には特大の提灯を飾り、仏壇前の座敷には走馬灯や供物やお土産が並んで、お客様を迎える準備が整えられる。

走馬灯にスイッチが入るとクルクルと回転し、萩やききょうの絵柄が襖や天井に走る。走馬灯が回る座敷に座って父の遺影を見つめていると身も心も癒されるのである。

田舎のお盆は家族が揃ってご先祖さまに感謝し、供養する大切な年中行事の一つである。

縁側に立って外を見ると庭先の花壇の続きは野菜畑になっている。畑にはトマトやナス、キュウリ、トウモロコシ、スイカなどが今年も豊かに実っている。近くの林からは蝉（せみ）の鳴き声が聞こえてくる。蝉しぐれを聞きながら、

「今年のトウモロコシは甘くて美味しいね」

と母の丹精（たんせい）こめたモロコシを味わう。

久しぶりに家族が揃って飲んだり食べたり、賑やかなひとときを過ごす。これが九十歳になる後期高齢者の我が母の楽しみなのである。母の幸せそうな顔を見ると親孝行ができて本当にお盆はいいなあと思う。

仏さまとなった父は優しくて働き者だった。どこから見ても我が家の大黒柱で頼もしかった。父の楽しみは相撲だった。柏戸（かしわど）・大鵬（たいほう）戦を楽しみながら晩酌をして、穏やかな晩年を過ごしていた。

お盆が近づくと近所の商店街には仏花が並ぶ。ハスの花をかたどった落雁（らくがん）も並ぶ。花やお菓子を見ていると、つい足を止めて買って帰りそうになる。そう

だ、もうそんな心配もなくなったのだ。そう思うと、言いようのないものがグッと胸に込み上げて切なくなる。ふる里を思うとセンチメンタルになって困ってしまう。にじむ涙を他人に見られないようにぬぐっている。

去年から我が家にお盆やお正月、帰省の楽しみはなくなった。

今住んでいる街で、私はバラの花を育てる会のボランティアをしている。旧盆の頃、近くの公園で咲き終えたバラの花がら摘(つ)みをしていた。残暑の厳しい公園で額の汗を手ぬぐいでぬぐいながら夏の空を仰いでいると、たくさんの赤とんぼが飛び交っているではないか。

「もうそんな季節なのね」

誰に言うともなく呟いていた。

昨日も今日も毎日うだるような暑さにうんざりしながら、確かに暦(こよみ)の上ではすでに立秋を過ぎている。

父の墓参りはできなかったけれど、今年も夏の季節が過ぎて秋が巡ってきた。

故郷の庭にも赤とんぼが飛び交っていた。同じ赤とんぼだ。「赤とんぼよ、お願い。できたら飛んでいって伝えておくれ。故郷に帰りたいと。そして、もう一度家族が揃ってお墓参りがしたいと伝えておくれ！」

避難生活を強いられているふる里の人々を思うと、ますますセンチになってしまう。

平成二十四年八月

中秋の名月

二〇一二年、今年の中秋の名月は九月三十日（日）である。

子どもの頃、中秋の名月のことを「十五夜さん」といっていた。お盆が過ぎると我が家の次の年中行事は十五夜さんであった。それもまた待ちどおしかった。

ふる里の季節を思い出しながら、私は、九月の中頃に近くの花屋さんにススキの穂を買いに行ったが、まだ入っていなかった。

月が丸くなってきた頃、もう一度花屋さんへ出かけてみた。葉に白い模様が入ったおしゃれなススキが置いてあった。

おしゃれなススキと菊と、それからききょうの代わりにリンドウなどを買ってきた。さっそく床の間の丸い花瓶に入れてみた。

そうしてみて、何かもの足りなさを感じた。ワレモコウである。あのなんともいえない雰囲気が足りないのだ。

「深い紫色が入ると一層秋らしくなるのになあ」と思いながら、他の店に行ってみた。ワレモコウは売り切れていた。

ふと、ふる里を思った。

田舎の小さい村も、秋が訪れると一面の七草で賑わいを増す。

秋の七草で埋め尽くされた野山。その中を駆け回って遊んだ子どもの頃。思い出して何ともいえず懐かしさが込み上げる。もちろんススキや萩の花やワレモコウなどいくらでもあった。

名月の頃になるとススキの穂が月の明かりに墨絵(すみえ)のように映っていた。

十五夜には近くの山からススキの穂などを折ってきて、縁側(えんがわ)に飾って家族でお月見会を楽しんだ。母の手作りのお萩と梨やぶどう、栗、柿、さつま芋などお供え物をして、実りの秋に感謝しながら風流な時間を過ごしていた。「自然の恵みは有難いことです」と話している大人たちの声を聞きながら……。

蒼く澄みわたった夜空に輝く月は眩しいほどに美しく、いつまでも飽きることなく見ていた。

「あそこに見える真ん丸お月さんの中でウサギが餅つきしている」と、まるで本当のことのように話して聞かせる家族。そしておばあちゃんは昔話が上手で歌も歌ってくれた。

最近の出来事はすぐに忘れてしまうけれど、子どもの頃の思い出は不思議と忘れないでいる。

家族は特に五節句を大切にしていた。だから私も大切にしている。

今年もまた何もなかったかのように中秋の名月は巡ってきた。

今年の十五夜は見えなかったけれど、十六夜の月は澄みわたった夜空に美しく輝いていた。

昨年の東日本大震災の二次災害の影響で、故郷は遠くになってしまったけれど、いずこで見る月も変わらない。ふる里の月も煌々（こうこう）と光り輝いていた。

ふる里は現在も帰宅困難である。

家族で祝った中秋の名月、秋の七草で埋め尽くされた故郷の野山、野山を駆け巡った思い出は永遠。もう一度ふる里の我が家で月を仰ぎ見たい。

ふる里の復興を願って止まない毎日である。

名月に
影絵のように映る
ススキの穂

平成二十四年九月

冬の季節

野山に栗の実が落ちる頃、徐々に冷え込んで師走（しわす）に入ると大晦日（おおみそか）を迎える準備におおわらわ。暮れの市は年末年始の買い物をする客で大賑わい。年末は大きい臼（うす）と杵（きね）を出して、毎年餅つきをしていた両親。あの頃はまだ、電気餅つき機などはなかった。

あの頃とは、昭和三十年代のこと。餅米ももちろん自家製で、精米機も今のようになかったから、町の農協まで行って精米してもらうと言っていた。一晩水に浸（ひた）した餅米を蒸籠（せいろ）で蒸して、杵でついていた。お供え餅やのし餅、あんこ餅といろいろできた。何臼もついていたのだから、父も母も若かった。便利ではなかったけれど、自家製の餅ができるという幸せがあった。

現在は、スーパーの店頭に、年末になるとお供え餅のパックが並んでいる。時代の流れを感じている。

　東北の冬の田舎と聞けば、寒く暗いイメージがあるかもしれない。二十センチほど雪が積もって大喜びした子ども時代、雪だるまを作って遊んだ思い出。東京にも比較的近く、温暖で住みやすいところだった。住めば都である。自分の生まれ育ったところが一番よいのである。

　お正月はこたつに入って温まる。猫も一緒に温まるという、何の変哲もない穏やかな田舎の風景。子どもの頃は、カルタとりや福笑いをして笑って、外に出て缶けりをしたり、鬼ごっこやかくれんぼなどをしたり、犬と遊んだり、次は何して遊ぼうかと、いつも遊びを考えていた。

　今の時代は、田舎の子どもでも家の中でテレビやゲームで遊ぶことが多くなって、外で遊ぶ子どもは少ないらしい。

「子どもは風の子」と言われた時代の私たちは、寒い風の吹く中も、隣近所の子どもたちと仲よく元気いっぱい飛び回って遊んでいたものだ。遊びを通して感性や創造力が育つのではないかと思っている。

月下美人

隣のご主人が管理していた、サボテンに花が咲いた。

ご主人はいつも穏やかな人で、話すスピードもゆっくりであった。ある日、「私は心臓が悪いので、ペースメーカーを入れている」と話していた。今にして思えば、静かにしていたのは体を労（いた）わっていたのだろうか。

そのご主人が、ある時突然亡くなった。ご主人が亡くなると、奥さんも息子さんの家族の住むマンションへ移ったとのこと。

住人のいなくなった家の軒下（のきした）には、数個のサボテンの鉢が置きっ放しになっていた。サボテンの鉢は何年も風雨にさらされて、とうとう壊れてしまった。

壊れた鉢から子どもや孫のような小さなサボテンが転がり出ていたのを見かねて、新しい鉢に入れかえた。


どのくらい時間が過ぎたのか覚えていない。

ある日、そのほったらかしのサボテンに信じられないほど美しい花が咲いた。ああ、もしかすると、この花が噂（うわさ）の月下美人ではないか。夜の帳が下りはじめた頃から蕾（つぼみ）がふくらみだして、夜八時頃にすっきり開花したのである。柔らかく真っ白な花びら、控えめな芳香。私は初めて見る月下美人の美しさに感動してしまった。サボテンの姿形からは想像できないほど、しとやかで魅力的な花を咲かせる。もしあの時放っておいていたら、こんなに身近に月下美人を見ることはなかったかもしれない。

それにしても、亡くなった隣のご主人は、このサボテンの開花を何年も待っていたのではないだろうか。
闇の中にひっそりと咲いて、次の日はしぼんでしまう、なんとはかないない花だろう。
　月下美人のはかなすぎる命なり……

平成二十四年六月二十日

猫さま

うだるような八月のある日、涼しくなるような出来事があった。

いつものように台所で朝食後の食器を洗っていると、隣の庭の柿の木でアブラ蝉がジイジイと鳴いているのが聞こえてくる。沸点に達したような鳴き声にうんざりする毎日である。今日も暑くなりそうだな。うんざりしながら、咲き始めた朝顔に水をやることだけは忘れないようにしている。

その朝も、忘れないうちにと庭に下り、水をたっぷりかける。自分の足にもかけてみた。

「うわあー、気持ちいい」と気分よくしていた。

二階の屋根までのびた朝顔の蔓と、そのまた上に広がる夏の空は、すっきりと晴れわたり、「東京にはほんとうの空がない」と言った『智恵子抄』を思い出させてくれる。

爽やかな気分の中に、特別な鳴き声が聞こえてきた。見上げていると、アブラ蝉の鳴き声が近距離から聞こえてくる。その鳴き声は助けを求めているかのようだ。

我が家と隣の保育園との境には大きい保護樹がある。太い幹のあたりを探してみたが見当たらない。火がついた赤ん坊が泣いているような鳴き方だ。探さなければ。なにか意味不明な使命感に心はさわいでいた。

「変だな、不思議だな」

目の届く範囲にそれらしき気配は感じられない。蝉の鳴き声は激しさを増す一方、なのに姿が見えないのだ。

「変だな、変だな、変なこともあるものだ」

独りで呟きながら猫の額ほどの庭を行ったり来たりしながら、大事なものでも落としたような状態であった。

その時、塀の上に突然いつもの黒猫が現れた。しょっちゅう無断侵入し、我が家をトイレ代わりにしている憎い猫の一匹である。

いつもは目が合うと逃げていく。今日は違う。じっとこちらを見ている。こちらもじっと見返す。

「アッいた。あんなところに！」

猫の口の中でアブラ蝉が必死に鳴いていた。

黒猫はこれ見よがしに俺さま気どりで、塀の上で堂々として動かない。猫はわざわざ自分の勇ましい姿を見せに来たかのようだ。

何度追い返しても脱糞していくのをぐっと怒りを抑えて始末している私に見せに来たかのようだ。唖然としてしまった。

金色に光る丸い目。黒い毛の色艶も悪くない。ノラなのか飼い猫なのかわからないが、獲物をくわえてこれ見よがしの態度で見せびらかし、威風堂々と隣の保育園の塀の方へ行ってしまった。まるで「猫さま」だ。

その後ろ姿はかっこよかった。

猫さまのように生きたい、と思う人の気持ちがわからないわけではない世の中である。

平成二十四年八月

不思議なDNA

「えー、それ私が染めたのよ。ほんとにそれでいいの」

妹が染めた藍（あい）色のストールを何も知らずに選んだ私。妹は選んでいる最中、わざと何も言わなかったという。どれを選ぶのかひそかに期待していたらしい。

藍色の草木染めの中に、ダイヤの形を白く抜いた模様が清潔で涼しそうにできていた。手に取ると柔らかくふんわりとして、子どもの頃お祭りの夜に食べた綿菓子のような肌触りである。

何も知らない私が、妹のデザインして染め上げたストールをたまたま選んだのを見て、

「お姉さんが、私の作ったストールを選ぶなんて」

「ほんとに姉妹って不思議だね。ＤＮＡってこういうことなのかしら」

と、偶然なのか必然なのかわからないけれど、お互いに顔を見合わせて笑ってしまった。


その日は東京ビッグサイトでホビーショーが開催されているというので、妹が働いている工房を訪ねたのである。四月二十五日から三日間の開催で、私は山手線の新橋駅からゆりかもめに乗ってそこへ向かった。駅から会場までけっこう遠く感じた。会場も想像していたより広く、少し疲れてきたので「来てよかったのか、悪かったのか……」と思っていたら、無事に到着できた。

妹は心配していたのだろう、「連絡、待っていたのよ」と言って、挨拶をすると安心顔になった。

ホビーショーには食料品、衣料品やアクセサリー、料理の講習、無農薬野菜の販売まで、ありとあらゆる出店がされていた。コーヒーやラーメンの匂いが漂い、ソフトクリームをなめている人たちが春の波のように揺れながら歩いていた。

東日本大震災の二次災害の影響で夫と姑と共に避難している妹は、この日ここで売り子をしていたのである。売っている染物は、色と柄が良いものからすぐに売れてしまうらしい。私の選んだものは三千円で、けっこう売れているという人気の一品だった。

妹の染めたストールのシルクの素材は、デリケートな首元に、何年も付き合っているようにすぐに馴染んだ。肌は白いが少し歳を感じさせる首に巻いて、記念写真も撮った。

帰りの電車の中で、ＤＮＡって不思議だなと思った。

平成二十五年四月

富士山に登る

平成二十五年八月十四日から一泊二日で富士山に登った。

富士山はこの年の六月、世界文化遺産に指定された。一生に一度は登ってみたいと思っていた。この機会を逃してはならないと思い立った。

「高いな、高すぎるな、でも登ってみたいな」

体力が気になる。どうにもならないから、登ることに決めた。この機会を逃したら、一生登れないような気がするから、友達を誘って、富士登山バスツアーに申し込んだ。

二十代の頃に履いたキャラバンシューズを出して、履いてみた。山頂の温度は真夏でも零度前後に冷え込むらしい。ダウンジャケット、カシミアのセーター、手袋、帽子、他に飲み物や非常食をリュックに詰め込んだ。

富士山は静岡県と山梨県にまたがっている山である。登山ルートはいくつかあるらしい。

六月の下旬、さっそくバスで五合目まで行った。三七七六メートルの山頂を仰いだ。ツアーのバスは二三〇〇メートルの五合目まで行き、そこから歩くことになった。六合目あたりまでは周りの風景を楽しむ余裕もあったが、六合目から先はだんだんと余裕もなくなっていた。道も狭く、勾配（こうばい）も険しくなって、八合目のホテルの明かりが見えるのに、いっこうに到着しなかった。夜の帳が迫っていた。

ようやくホテルに着いた。夕食はカレーだった。食後は倒れるように横になった。

夜中の二時まで仮眠をとって、体力のある人たちはまた山頂めざして出掛けていった。私は体力の限界を感じて、八合目からご来光を迎えることにした。頂上をめざして出発した人たちを見送り、日の出まで寝袋に入った。ふと、一緒に登る予定だった彼女のことを思った。ツアーを申し込んだ後、「最近、脚が痛むので、キャンセルしたい」と電話してきた。本当は一緒に登りたいと思いながら「無理しなくていいわよ」と軽く返事をした。ここまで登ってきてみて、無理しなくて本当によかったと思った。

途中、七合目あたりで高山病の症状を訴えた人がいた。が、ご主人と専門のガイドさんのフォローで八合目まで登っていった。

朝の五時、雲海の中にピンポン玉のような太陽が姿を現した。刻々と力強く揺れながら昇ってきた。その迫力は感動的だった。

その燃えながらゆらゆらゆらと昇ってくる太陽の姿を目にした時、

「ああ、来てよかった、私は生きている、生きているのだ」

と思って嬉しかった。息も絶え絶えに、這いつくばるようにして登った数時間。その苦しみは消えていた。

空と雲と太陽と、ヒンヤリとした空気の心地よさ。自然の織りなす絶景はたとえようがなかった。

眼下には早朝にもかかわらず頂上をめざして登ってくる人の縦列が、蟻の行列のように続いて見えた。

下界は猛暑というのに山頂の空気はひんやりとして、気持ちがよかった。

「世の中楽しいことばかりでないけれど、感動する心があれば元気になれる」

とでも富士の峰は語りかけているように見えた。

大小混じった溶岩がザクザク鳴る道を、足をとられそうになりながら無事に下山できた。途中、蹄の音を聞いたり、馬糞に出会ったり、意外に山の雰囲気が盛り上がったりして、楽しい思い出ができた。

五合目の待合所には、入下山者用の名簿が置いてある。その名簿に無事であるとサインしてホッとした。

へとへとに疲れたけれど、一生に一度は登ってみたいと思っていた、富士山に登ることができて幸せであった。

平成二十五年八月

五色沼へ

平成二十六年六月、妹夫婦と猪苗代湖、五色沼、桧原湖方面にドライブした。郡山の中心地から磐越自動車道を一時間ほど走ると猪苗代の磐梯ＩＣに着く。ＩＣを右折して磐梯山の裾野を半周するように走ると、桧原湖と五色沼に着いた。

五色沼専用の駐車場に車を止めて、毘沙門沼から遊歩道に入り、山の小路を歩いた。

アザミ、山グミ、山蕗、山ブドウ、アケビ、古代シダ、山アジサイの白い花など、それから他にも名前の知らない草木が生い茂っている。舗装していない山の道を歩く。足取りもゆっくり歩いていくと、木立の中で何かが鳴いている。それも一匹二匹ではない。大合唱だ。今の季節に何だろう。

不思議に思い、妹の夫に聞いてみた。「春蝉が鳴いているよ」と教えてくれた。その時、私は初めて春蝉の大合唱を聞いた。

一八八八年に噴火したという磐梯山。その時の大爆発によって溶岩が流れ、流れが堰き止められて、桧原湖や五色沼など大小百個以上の沼が誕生したそうだ。エメラルドグリーンの弁天沼は特にきれいだった。この沼のために設えた物見台もある。携帯電話のカメラに収めた。

「クマに注意、北大塩村」と書いた注意書きもあった。読みながら瀬音のする道を歩いた。流れに手をひたすと、雪解けの水が冷たかった。

初夏の森の奥へホトトギスが「テッペンカケタカ」と鳴いて飛んでいった。

それぞれの湖の美しい五色沼に感動し、最後は一番大きい湖、桧原湖に着いた。

湖畔のレストランで昼食を摂り、猪苗代湖へ向かった。

猪苗代湖畔には野口英世記念館がある。記念館の中には本人そっくりの人形があった。観光客の質問に答えている。医学研究者になった動機、千円札になった感想、メリー夫人との結婚など、そっくりロボットの説明もよかった。

火傷した炉端（ろばた）も自在かぎも鍋も、当時のままに保存されていた。

本人の忍耐力と相まって、母シカの愛情が世界の野口英世をあきらめず最後まで見守り育てたのかと思うと胸が熱くなった。

平成二十六年六月

女性が働く時代に思う

この国も戦後は女性が参政権を得て、外で働く女性が増えはじめました。女性が働くようになって、子どもを預けるための保育園の問題が生じてきました。保育園問題が深刻になったのは、特に昭和四十年代以降ではないかと思います。経済の高度成長と所得倍増政策によって、住宅費や物価も上昇し、そのうえ受験戦争といわれる時代になって、誰もが大学進学を志すようになりました。すべてにお金がかかるようになり、女性も働いて家計を助けなければ生活できないような社会になったのです。

保育園の確保は今も変わらず死活問題ですが、昔に比べればずいぶん行政も働く女性に協力的になったと思います。

私も看護婦（現在は「看護師」）という仕事を選びましたが、仕事と家庭と、そのうえ子育てを継続していくことがこんなに困難な時代であるとは知らず、現場で働きはじめてあらゆる選択に悩みました。所得金額などによって保育園の入園条件は複雑で、容易に預かってはもらえませんでした。

当時は、産前産後休暇と一年間の育児休暇が法的に認められて間もない頃でしたが、実際には育児休暇中、上司から「人手不足で夜勤する人がいないから、早く職場復帰してほしい」と再三自宅に電話が入るような状態でした。精神的に参ってしまい、生後八か月の乳飲み子（ちのご）を田舎の母に見てもらうしかありませんでした。

子どもをいつでも預かってもらえるという時代ではなく、上司に物申せば退職するしかなかった時代。上司の協力がなければ出産後も仕事を続けることはできなかったのです。
結婚しても働き続けるためには子どもをあきらめるしかない家庭もありました。そうしたことも、現在の少子化の原因の一つとなったようにも思うのです。

女性が仕事を持って、なおかつ家庭も子育ても継続できる社会が理想です。ヨーロッパではすでにそれが実現できている国もありました。日本でも同じように働く女性が当たり前になる社会に変わらなければならないと感じました。

私がそうしたことに悩んだのは昭和五十年代でしたが、当時はまだまだの時代でした。職場には勉強会の制度がありましたが、私が参加したいと言ったら上司に笑われました。私は当時、アメリカのような「看護の自立」を考えていたのです。ですが、上司に楯突(たてつ)くような形で参加することはできませんでした。
つまり、勉強もせず、何の努力もしないで、ただ職場に来ていれば給料がもらえるというような人もいたのです。

その裏には実際はいろいろな差別やいじめ、派閥闘争などもあり、出身地や宗教などの問題が複雑に絡み合っていたようです。私がそのことを知ったのはずっと後になってからでした。当時は気付くこともありませんでした。過労死、排除、噂のでっち上げ、実際はさまざまな問題が起こっていたようです。社会で真面目に働く人がいなければ、その社会は成り立っていかないと思っていたので不思議に思っていましたが、何も知る由なく働いていました。

そうした記憶を呼び起こしつつ、今の世の中を見てみると、なお同じようなことが繰り返されているのが現実です。真面目な人間を侮り、国民を政治に利用し、若い人が生きづらく、弱者がないがしろにされるのが今の社会。若く、しかも女性である出産適齢期の女性たちは、働こうと思ったら多くの犠牲を強いられるのが現実です。昭和五十年代に男尊女卑の社会を実感しましたが、どれほど改善されたのでしょうか。まだ残っているような気がしてなりません。

政治についても、明治維新からこの国の形を損ねている何ものかの存在があると思っています。昭和三十年代に政教の未分化でもおかしなことが起こり、今もそういった権力者同士が助け合って自分たちの保身ばかりしていると思います。

女性が働く問題から話がそれましたが、この国の責任者がどこにいるのか、私には未だにわかりません。これからの若い人が死にたくなるような社会であってはならないと思います。明治維新に戻ったような、大きな新しい政治改革が、国民のためになされることを望んでいます。

平成二十八年九月十六日

三春の滝桜

平成二十四年四月二十五日（水）八時、車で自宅を出る。扇橋で東北自動車道へ。福島県の郡山方面に向かう。市内に避難している妹の住むマンションに到着したのは昼近くであった。

早めの昼食をご馳走になり、妹夫婦の車に便乗して目的地に向かった。

市内から三十分ほどで目的地に到着する予定だったのだが、道路は渋滞していた。

四月二十一日（土）午後七時三十分から、ＮＨＫテレビは滝桜を中継していた。渋滞を予想して、土、日を避けてわざわざウイークデーを選んで来たのに、テレビの影響は大きい。

今年は例年より開花が遅いという。見頃まではあと数日かかると言っていた。にもかかわらず、大勢の観光客が桜の大樹を囲んでお花見を楽しんでいた。

上着の要らない暖かで穏やかな日であった。

滝桜は、伸びた枝の先まで花房をつけている。花の重みで大樹の根元は裂けていた。その根元は数本の支柱で支えられていた。大切に守っている人たちがいるのだ。

桜は、一千年の風雪に耐えて見事な花を咲かせている。上から見ても下から見ても左から見ても右から見ても見事な枝ぶりだった。姫様が十二単衣をまとっているような枝のようすに感動した。

一千年の時を超えてなお美しく咲き誇り、訪れる旅人の目を癒している。三春と言われる所以は、梅と桜と桃の花が一斉に咲くところからきているのだという。この地の桜の話は、江戸時代の参勤交代の頃にはすでに江戸中に知れ渡っていたという。仙台伊達正宗公の正妻は、この三春の里からお輿入れされたという話だった。

東日本大震災の二次災害で浜通りから避難して、近くの仮設住宅で生活している人たちも見に来ているという。そういう人たちも、この滝桜のように力強く生き延びてほしいと願っている。

山の斜面にドッカと根を下ろした滝桜に背中を押されるように帰ってきた。道の中ほどにはワサビの葉や姫小豆、桜の苗木も売っていた。滝桜の子孫を買って帰った。

この孫桜を大切に育てて、見事に咲かせ、その花の下でお花見できればよいのだが……。私の最大の夢である。

〈追記〉
平成二十九年四月、夢の滝桜が咲いた。夢が実現した。

五色沼、滝桜、ともに避難している二人を励まそうと思い立っての訪問だったが、反対に励まされて帰ってきた。

忘れがたきふる里

ふる里の空も海も蒼かった。とんぼや蝶も小鳥たちもみんな友達だった。夕焼けの空は紅く、そんな紅い空に向かって「あした天気にな一れ」と下駄を飛ばして遊んだ。

なんの変哲もない田舎の小さな町に、私は生まれ育った。小学校までは約四キロの道のりを小さな足で歩いた。石ころが転がる山の通学路である。山の通学路には楽しいことがいっぱい転がっていた。

春はタンポポの黄色い花と、クローバーの花が一面に咲いている。途中、花を摘んで髪飾りを作ったり、花を髪に飾って遊んでいると、そこへ蝶々が飛ん

郵便はがき

料金受取人払郵便

新宿局承認

4946

差出有効期間
平成31年7月
31日まで
（切手不要）

1 6 0 - 8 7 9 1

843

東京都新宿区新宿1－10－1

（株）文芸社

愛読者カード係 行

ふりがな お名前		明治　大正 昭和　平成　年生　歳	
ふりがな ご住所	□□□-□□□□		性別 男・女
お電話 番　号	（書籍ご注文の際に必要です）	ご職業	
E-mail			
ご購読雑誌（複数可）		ご購読新聞 新聞	

最近読んでおもしろかった本や今後、とりあげてほしいテーマをお教えください。

ご自分の研究成果や経験、お考え等を出版してみたいというお気持ちはありますか。

ある　　ない　　内容・テーマ（　　　）

現在完成した作品をお持ちですか。

ある　　ない　　ジャンル・原稿量（　　　）

書　名			
お買上 書　店	都道 府県　　　　市区 郡	書店名	書店
		ご購入日	年　月　日

本書をどこでお知りになりましたか?

1.書店店頭　2.知人にすすめられて　3.インターネット(サイト名　　)

4.DMハガキ　5.広告、記事を見て(新聞、雑誌名　　)

上の質問に関連して、ご購入の決め手となったのは?

1.タイトル　2.著者　3.内容　4.カバーデザイン　5.帯

その他ご自由にお書きください。

(　　)

本書についてのご意見、ご感想をお聞かせください。

①内容について

②カバー、タイトル、帯について

弊社Webサイトからもご意見、ご感想をお寄せいただけます。

ご協力ありがとうございました。

※お寄せいただいたご意見、ご感想は新聞広告等で匿名にて使わせていただくことがあります。

※お客様の個人情報は、小社からの連絡のみに使用します。社外に提供することは一切ありません。

できて、止まったと思うといつの間にかどこかへ飛んでいった。父や母が心配しているかもしれない、と思いながらずいぶん道草をしていた。

山道の途中には、山を切り開いた、子どもにとってきつい難所があった。切り裂かれた山肌はレンガ色で高く、その高いてっぺんに美しい花が、絶壁から今にも落ちそうになって咲いていた。断崖に咲く美しい花は山百合（やまゆり）といった。その日からその白く優雅な花が好きになった。

秋の頃、ススキや萩の花が満開に咲いている。道の両側に咲く野の花の中を遊びながら通った。ススキの穂波が秋の風にサラサラ揺れて、赤トンボが飛んできて、「この指止まれ」と言って遊んだりしていた。

一人で歩くと寂しく思う時もあった。けれども山の道は楽しい通学路だった。小さな川もあった。オタマジャクシと遊んだ思い出も忘れられない。川の流れの中に、白く透明なフワフワしたものが浮いている。それが蛙（かえる）になって飛び跳ねている。小さいからよくわからなかったが、理科の教科書に載っていたと後でわかった。楽しく面白かった。

蛙を捕まえて遊ぶことも得意だった。逃げるのが速いから、逃げられないように捕まえるのが面白かった。手のひらに載せたりしてお腹や足を見ながら帰った。中学になると蛙の解剖（かいぼう）の時間があった。切り開かれたお腹の中から、心臓が出てきた。ピンク色の小さい心臓はしばらく動いていた。蛙は友達であり、生きた玩具（おもちゃ）だった。小林一茶先生に叱られそうだ。先生は蛙やスズメを観る眼差（まなざ）しが、世界一優しい。包み込むようなぬくもりのある句を書いている。

四季を通して咲く花もきれいだった。梅、桃、桜、ハナミズキも咲いていた。ツツジや藤の花も咲き誇っていたから、遠くへ出掛けなくてもよかった。

田植えの頃は、森の奥から山鳩のデーポデーポと鳴く声が聞こえてきた。田植えの終えた田んぼは一面緑の海のようであった。夕方になると爽やかな風が吹いていて気持ちよかった。

猫の手も借りたい忙しい時期だが、母はこの季節になると「人並みに育ってほしい」と言って、必ず柏餅を作ってくれた。

夏には太陽の下で熟れた真っ赤なトマトを食べた。トマトの味は太陽の匂いがする。今もあの風味を味わいたいと、夏になると思い出す。

旧盆の頃はお墓参りをした。祖母や母に連れられて、お墓を掃除して花を供えてご先祖様を大切にするというならわし。神様とか仏様とかはよくわからなかったけれど、宗教心が自然に何も知らない子どもにも伝わったのかもしれない。自然や人や物を大切にすること、お菓子は自分一人で食べないこと。兄弟仲よく等分に分けるという習慣。今にして思えば父は子どもたちに何でも平等に与えていた。

盆踊りには母の手縫いの浴衣に祖母の買ってくれた紅い鼻緒の下駄をはいて、夜の帳が下りる頃、父に連れられて近くの神社に出かけた。境内には綿あめや風船が並んでいる。綿菓子を買ってもらってなめながら、大人たちの盆踊りを見ていた。

中秋の名月の頃は父の好きなお酒の徳利（とっくり）にススキの穂と萩の花を飾ってお月見をした。梨やブドウもお供えして、家族で揃って季節を感じて育った。

刈り入れの季節は豊かに実った稲穂を脱穀（だっこく）しながら、家族は笑顔に包まれていた。収穫の喜びがあふれていた。

暮れになると自家製の餅米で餅をつく。父も母もあの頃は若かった。大きな臼と杵で丁寧につく。ついた餅をまるめるのを手伝った。それをあんこ、黄粉（きなこ）、ゴマ、みぞれや納豆（なっとう）餅などいろいろな味にする。お供え餅もできて、正月を迎える準備で大わらわだった。

何の変哲もない田舎のふる里であったが、忘れがたい。今にして思えば幸せな子ども時代であったように思う。今のように便利ではなかったけれど、空も海も水もきれいに澄んでいた。美しい自然の中でのびのびと成長した。豊かで平和な時代があった。

震災と共に起きた原発事故によって、今は遠い我がふる里に帰れる日は来るのだろうか。

平成二十九年四月

美を極める

お茶の世界を通して自分自身を見つめてみたい。そんな思いからある日、近くのカルチャーセンターでお稽古（けいこ）を始めた。

戦後すぐに生まれた私は、どうも最近の風潮についていけない。流されて自分を見失ってしまいそう。まっすぐに生きようと努力すればするほど厳しい社会になりつつあるように感じて、自分という心の世界を、茶の湯を通して考えてみたいと思った。「千利休」という映画で「究極の美しさ」を問いかけているような場面があった。千利休という人の、生き方に魅かれたのかもしれない。

稽古は扇子(せんす)、袱紗(ふくさ)のさばき方、挨拶、畳の上の足の運び方などから始まり、お薄(うす)の点(た)て方、いただく時の作法などと続く。床の間の設え方なども学ぶ。

立ち振る舞いの中で一番つらい修業だと思ったのは正座だった。自分自身を静かに見つめる余裕などなかった。このつらい修業を通して茶道の世界は厳粛に続いているのかもしれないと思った。この修業を乗り越えることで何か得るものがあり、見えないものが見えてくるのではないかと思った。

千利休という人の「美を極める」とはどのようなことなのだろう。当時、今は亡き作家の渡辺淳一さんの『究極の愛』という本が話題になっていた。千利休、渡辺淳一さん、二人の「美と愛」は何か共通しているようにも感じた。

推しはかれば、素朴で質素な設えの佇(たたず)まいの中で、静かに自分の心を見つめることも時には大切ではないかと問うているような気もする。時間に追われる時代になって、花を愛(め)でることも人を愛することも忘れないようにと、そんなことかもしれないと勝手に思った。

茶の湯の世界では素朴な野の花が床の間を飾る。今の季節は紫式部や野菊などを一輪か二輪飾るのみだが、それをとても美しく思う。もしかすると、飾らない美しさこそ究極の美であり愛であるということなのかもしれない。

寿ぎの
床の間飾る
赤い実は
きのうの難を
のりこえ　栄え

茶道の世界を通して、慎ましく凛とした所作の中で、決して飾らない謙虚な姿こそ真の美しさではないかと言っているような、心が磨かれる感覚を得ることができた。

平成二十九年十月

断遮離

断遮離を始めた
必要最小限の　簡単な暮らしに
あこがれて

食器や衣類、充分選んで
買い求めたものばかりである
けれど、充分すぎるほどあることに
気がついた

こんなクダラナイモノを持っていたのかと
これは我欲というものではないかと
気がついて恥ずかしくなるばかりだ

断遮離をはじめて良かった
断遮離を実行して良かった
身も心も軽くなったようで

我欲を捨てると
まるで花畑の上を飛ぶ蝶々みたいに
変身できるかもしれない
断遮離をはじめて　良かった

フン害に対策を

夏、デパートの浴衣売り場に行ってみた。浴衣や帯にも猫の絵柄が目立ち、今年の流行のようだ。猫好きな人のためらしい。

最近特に猫や犬を抱いている人が増えているようだ。ペット・フードはスーパーでも売っている。ペットを我が子のように大切に可愛がっている。人よりペットを大切にするように時代は流れているのかもしれない。

犬の散歩は欠かせないらしい。朝昼夕と絶え間なく公園に排泄物を撒き散らしている。猫だって同じだ。我が家の庭に無断侵入して排泄物を撒き散らしていく。迷惑千万のうえに、衛生上の問題はないのだろうか。また、保育園の砂場は心配ないだろうか。キチンと始末している人もいるが、知らないふりをして行ってしまう人もいる。

ある日、憤慨（ふんがい）するようなことが起きた。ノラ猫が我が家の縁の下で子猫を産んだのだ。軒下から子猫が数匹出て来て驚いた。二、三日前にハエが飛び交って、何かあると気になっていたのである。

都内に住んでいる知人も、野良猫の被害にあっていると言っていた。例えば車のフロントに排せつ物を置いていくので困っていると。ノラ猫対策に、何万円もする超音波という器械を買ったという。野良猫対策に閉口（へいこう）しているのは我が家ばかりではなさそうである。

役所の係に電話相談をしたところ、担当の方がすぐに来てくれた。野良猫の対応には係の人も困っているらしい。

ある日の早朝、知らない女性が猫のために餌を置いていくのを見た。失礼なことだと思い、役所の係の人に餌の件を話したところ、「餌をやらないでくださいとは言えない」との返事だった。

排泄物の始末をする人の身になってほしい。好きなら自分の家で飼えばいい。猫が好きだからと、勝手に餌をやり、脱糞の始末は他人にさせる。何かヘンではないか。まるで人間が犬や猫に虐待されているような始末である。

今後もこのような人が増えると予想される。

「餌をやらないでください」とは言えないと、係の人も困っているようすだった。もっと上の公的機関で対策を講じていただきたいものだ。

どっちが虐待されているのかわからない世の中になっている。

読書の秋

今年も読書の秋が巡ってきた。

若い時、一度手に取って読んだことがあったが、私にはどうも難しくてよくわからないという本があった。それはパスカルの『パンセ』という本だった。仕事や人間関係の難しい時代をどう乗り越えたらいいのか、どう生きていけばいいのかわからなくなった時に、この本に出会い、思考していたように思う。

どうしてこんな難しいことを考える人がいるのかしら、なぜこの本は生まれたのかしら、当時はどんな時代だったのかしら、と思った。私のように、この本の言いたいことを認識できない人間はいるのか、できない人間は無知で無能と言われるのか……このような本を手にして悩みは深くなるばかりだった。

若い時は、悩みが多いし大きいものだ。


あの悩み多き日々から何十年もの歳月が流れた。

何事においてもさまざまな格差を感じた高度成長期という時代があった。素敵な人に多く出会ったのも、あの頃ではなかったかと思う。教養の差を感じ、経済の差を感じた。社会の格差が一段と広まったように思う。

格差はだんだん広がって人の心を蝕んだ。うつ病や過労死の時代に遭遇し、一人一人を大切に思いやる社会に変わらなければならない時代がやってきたのだ。戦後は女性も選挙権を得て、選挙に参加できるようになった。男女平等により、女性も責任を持たなければならない社会になった。

選挙のたびに、尊い一票を他の人に任せてはいけないと思う。

信頼している普通の人々を裏切らないでほしいと願う。

私も死にたいと本気で思い悩んだことがある。
ある本に出会って、ある人に出会って、生きることを選んだ。
あなたの死にたいと思う心を救ってくれる本がある。助けてくれる人がいる。
だから死なないで生きていてほしいと思うのだ。

パスカルという人は「人間は考える葦（あし）」と言っている。人間は弱い動物にすぎないが、考えるという偉大な思考力を持って生まれていると言う。
今年の読書の秋は、このようなパスカルによる『パンセ』という本を再び読む機会を得ることができて幸せに思う。

父の納骨式

平成二十七年十月二十一日から二泊三日で京都へ行った。

二十一日十三時から、京都のお寺で父親の分骨式が行われた。弟夫婦、妹夫婦等、総勢十人ほどが参列した。

式の後は「時代祭」「嵯峨野（さがの）のトロッコ列車」「保津川（ほづがわ）くだり」と観光地を巡った。

父は八十七歳で突然逝（い）ってしまった。突然の旅立ちだったので信じられなかった。脳出血らしかった。誰の手も煩（わずら）わせることなく、一人で逝ってしまったのである。

何の介護もできなかったという悔しい思いと、最後まで家族孝行であった父への想いが交錯した。

父は次男坊であった。長男と三男は戦争が元で亡くなっている。亡くなった兄弟の間で、誰にも言えない苦労があったらしいが、苦労話はしなかった。母親の眠る墓に父の遺骨を無事に納めることができ、子どもの私たちも安堵した。「父上、あなたが無償の愛で育てた子どもたちは皆元気です。揃って参りました、安心してお休みください」と合掌した。

祖母は七福神の母と言われた。瓜実顔（うりざねがお）の色白の美しい人だった。私が幼い頃、添い寝をしながら桃太郎、一寸法師、かぐや姫などの絵本を読んでくれた。優しいおばあちゃんだった。

次の日は銀閣寺へ行った。高校の修学旅行以来である。海外からの観光客が増えているように思った。当時は外国の方にお会いすることは珍しかった。ドナルド・キーンさんというアメリカ出身の文学者・作家の方の自伝の中でも、この寺は紹介されている。

銀閣寺から南禅寺方面へ「哲学の道」という川沿いの道を歩いた。川べりの桜並木は紅葉しはじめている。歩きながら、今度は桜の花の咲く頃に歩いてみたいと思った。

南禅寺の目の前にある料亭に着いた。料亭は今夜の宿である。料亭の近くに無隣庵はあった。明治時代の山縣有朋(やまがたありとも)という偉い政治家の別邸である。道路沿いに白い壁の塀が続く。入口を探して中に入る。入場券は五百円であった。塀の中には茶室も洋館もあった。茶室は時代劇に出てくるような三畳の狭い設えがいくつもあった。

静かで落ち着いた佇まいの中で、なぜ戦争という重い決め事を諮(はか)ったのだろうか。

広い庭園の奥には三段に流れる小川がサラサラ音をたてて流れていた。形のよい池の水面には秋の雲が映(は)えていた。

白塀の別邸を後にして、京都三代祭りの一つである時代祭を観るため、タクシーに乗った。

平安遷都千年を記念して記念祭は始まったらしい。和宮の十二単衣から戦国時代の武将が身に着けたという衣装の豪華さに感心した。

二泊目は渡月橋に近いホテルに泊まった。

お土産を売っているお店の前あたりでタクシーを降りて、これから泊まるホテル方面へ、橋を渡り砂利道を歩いた。橋の形、下を流れる河川敷と紅葉し始めた山の風景にしばし立ち止まった。この近くには作家の瀬戸内寂聴さんの寂庵があるらしい。住んでみたいところである。

三日目は嵯峨野のトロッコ列車とバスに乗り換えて保津川の乗船場へ。

真夏のような日差しの中、高瀬舟で保津川下りを楽しんだ。時々上がる水しぶきに歓声が上がった。

かねてから願っていた、分骨式と京都の旅は無事に終わった。

よく働き、無償の愛で家族を守った父に感謝し、合掌した。

平成二十七年十月

今の世の流れと真実

かつて、山崎豊子さんという作家が書いた「白い巨塔」という小説がテレビドラマになって流れていた時代がありました。

その時代は、十年も続いていたという大学紛争も終結して、何事もなかったような空気が流れていました。そんな静かな中で、研修医の先生方は昼夜、医療の現場と戦っていました。私はその中で一緒になって働いていました。

医療の現場は胃ガンの患者さんが多くいました。胃ガンの権威と言われていた先生が劇症肝炎で急変して亡くなりました。

教授回診はドラマそのもので、大名行列のようでした。白衣に囲まれて、患者様の顔は見えませんでした。

私たち看護師にさえ、顔は見えなかったのです。

ある日、

「俺たちは毎日デモに駆り出されて、授業を受けられなかった」

またある日は、

「俺は騙(だま)された、社会で生きていけなくされたのだ」

と、私が記録している背後から聞こえてきました。

今にして思えば、旧体制の残る中で、「真面目に学び、働く人が報われる社会に。出身や家柄にこだわらない、能力ややる気のある人を公平に評価してほしい」と声を上げた人たちがいたのではないでしょうか。

そして、声を大きくした人たちを警察署に送った人たちが、今の社会の中枢で権力を行使しているように思います。この現状はどうしても現代のような閉塞感につながってしまうように思考します。

その当時は何も知りませんでした。今の世の流れを見ると、誤った判断をした人がいたのではないかと思います。どんなに立派な人間でも、完璧と言える人はいないのだから……。

誠実で真面目な人を侮った社会がいつから始まっていたのか、知る由もありません。

私自身は、「真面目な人を社会から排除していた人たち」とは一部の宗教関係者であったのではないかと思うのです。宗教はこわいと思います。こわいのは、実際にやりすぎていることに気がつかない人たちがいることです。

この国の将来を担う真面目で誠実な人を騙し、排除しているなどとは、一般の人は考えないでしょう。人は誰も誠実に真面目に仕事も勉強もしたいと思っているのですから。やり過ぎた人たちは何らかの責任を感じなければならないのではないかと思うのです。

細川宏先生のありし日の『詩集　病者・花』という作品を思います。

降り積もる雪のおもさを
静かに受け取り
柔らかく身をたわめつつ
春を待つ細い竹のしなやかさを
思い浮かべて

今よりも何十年も若く、何の考えもなかった私ですが。四十四歳で亡くなった先生の作品を改めてかみしめています。
どこまでも透きとおった深海に、太陽の光が降り注ぎ輝いているような作品を読んで、真の医療に取り組んだドクターのあの頃のあの時代に真摯(しんし)に戦う人間としての姿が浮かんで、身につまされるのです。

あの日から何十年も経ちました。

今生きている後の世代の人のために戦った人たちは、今この世にはいません。

若くして天国に逝ってしまったのです。

今の若い人たちだって、勉強も仕事も頑張りたいと思って生きているのではないでしょうか。

若い人を大切に育てる世の中にしていかなければならないと思っています。

人材は直ぐに咲いてくれるというワケにはいきません。促成栽培はできないのです。若い人の芽を摘んでしまった人たちは、どう思っているのでしょうか。

今の世の流れに想いました。歴史は現在なのです。

減反政策と進学

私が生まれた終戦直後の記憶はないが、母が何もなかった時代だったと言っていた。

そんな時代から幾星霜の歳月が流れて、仕事も勉強も考えることもほどほどに、生きていける社会になった。戦後のベビーブームはこの国を元気にして、世界で一番美しく豊かな国にしたのかもしれない。

時代の流れは蛇行して、少子高齢化社会へと変わった。携帯電話でピザを宅配してもらい、自宅で世界の国々との商談なども可能になっているという。人間の脳細胞はすごいなあと感心する。

人間の世界はどこまで夢が実現可能なのか、無限の可能性を秘めているのだ。高齢化社会に対応した介護ロボットや人工知能の開発と、私たちの生活はどんどん変わりつつある。もうすぐ宇宙旅行もできるという。

この国は戦後十五年という、ごく短い期間でめざましい復興を遂げた。国民の尊い遺伝子は次世代につなげていかなければならないと思う。

私の中学、高校時代の記憶で鮮明に残っているのは、経済成長や所得倍増などで、地方の生活にも影響が及んだことだ。テレビ、洗濯機や冷蔵庫、自家用車などが各家庭に普及し始めた。

同時に、それまでは無縁ともいえた進学という問題が私にも振りかかった。何かよくわからない、ざわついた落ち着かない空気が地元にも漂い、夢と不安が交錯しはじめていた。そんな時代になっても、進学したいと親になかなか言い出せなかった。

地元には県内でも有名な進学校があった。毎年東大に入学する生徒が出る、期待の学校である。甲子園にも出たことがある。いつ頃創設されたのかわからないが、ご先祖様が、地元に特産物といえるものがないので人を創ることを考えたという。優秀な人材を育成して豊かな町を創り、未来へつなげていきたいという目的があったのだろう。

私は隣の町の女子高へ進学したが、朝に夕に、この進学高を身近に感じていた。

大学へ進学するために、家族総出で田んぼを耕した。中間テストの勉強をしたいのに、したいとも言えず、万能（まんのう）を持つ手に血豆ができるほど、汗と泥にまみれて手伝った。田んぼの土手に咲いている、赤いツツジの花のような色が、掌（てのひら）に滲（にじ）んでいた。

だが、その田んぼは減反政策というおふれによって、一度も稲を植えることはなかった。進学もあきらめるしかなかった。

両親は「国の政策だから仕方ない」と肩を落としていた。私は何も言えなかった。

それから、ふる里へ帰るたびにその田んぼを見に行った。せいたかあわだち草が広がり伸びて、荒れていくばかりだった。

父が死んでしばらくして、原発事故が起きた。親子で耕して優良地にした田んぼや畑は白紙の状態になってしまった。

汗と泥にまみれて働いたあの日は何だったのか。

他人への思いやりを欠くほどやり過ぎた人たちがいるのではないだろうか。

新たな時代を模索するために、今だからこそ考えなければならないことがあるのだと思う。

平成二十九年十月

さえずり

遠く懐かしい日を顧みて。

父と母と弟と四人家族の時代に遡る。季節は初夏であっただろうか。

「麦踏み」という言葉があった。懐かしい言葉と思う人もまだいるかも知れない。麦の緑が美しく伸びて来た頃、今は亡き父と母が、初夏の日差しの中で、風雨に負けない立派な麦に育ってほしいと、育ちはじめた麦を踏んで痛めていた。

私は「踏まれる麦が可哀そう」と思った。

「麦さんは大丈夫かな、立ち直れるのかな」と心の中で自問した。

私が三歳か四歳の頃の記憶である。弟は生まれたばかりで、畑の隅の木陰で「いちこ」というバスケットの中ですやすやと眠っていた。

心配した麦は見事に立ち直り、豊かに実って小麦になり、製粉されて小麦粉になった。

母は小麦粉をこねて時々自家製のうどんや蒸しパンを作ってくれた。

両親が麦を踏む畑の中から、突然ピーピーと小鳥がさえずり、飛び立った。幼い私はびっくりして、空高く飛んで行く小鳥の後を追っていた。その姿に気がついたのか、母が「あのピーと鳴いて飛んで行った鳥の名前は、ひばりというんだよ」と言った。

それから鳥や虫や花の名前があることに興味を覚えた。自然に鳥の名前を憶え、鳴き声に耳を澄ますようになった。何となく心が満たされて成長したのである。

戦後は、この畑を、開墾して陸稲や麦を作っていたという。農家の人々は懸命に働いて、戦後の食糧難の危機を救ったそうだ。その土地は国の飛行場や塩田だったという。

両親が開墾したその土地はその後、東急という会社が国から買収し、東京電力に売却されたと聞いた。

思い出の畑は、知らない間に東電の敷地の一部となっていた。今は亡き両親と過ごした大地は、千年に一度と言われる未曾有の震災によって〝なかったこと〟になったのである。

「原発は安全だ」という神話が壊れたニュースは世界中に流れた。

空も海も蒼かった。空気も澄んでいた。

不便で何もないところだったけれど、豊かな自然に恵まれて、家族は寄り添い幸せに暮らしていたのである。

今のように便利だったとは、けっして言えないと思うけれども。

平成二十九年十月

思い出の動物たち

我が家には犬や猫はもちろん、鶏（にわとり）、ウサギ、タヌキ、ヤギ、豚、牛、馬、アヒルなどの動物がいた。個性的な動物を身近に感じ、お友達感覚で遊んで成長した。

父も母もきっと動物が好きだったのだろう。現在は二人ともあの世に召（め）されているが、動物を子どものように大切にしていたと思う。

お陰で何物にも代えがたい楽しい子ども時代を過ごすことができた。今も思い出すと自然に笑みが湧いてくる。

誰にもわからない子ども時代の楽しい思い出があったから、押し流されそうになりながら、今の世を人並みに生きながらえているのかもしれないと思い、改めて二人の愛に感謝している。

猫はおとなしそうでなかなかの行動派。時々食事中の子どものお皿から焼き魚を失敬して姿をくらましたり、抱いて遊んでいると急に手を引っかいて逃げて行ったり、犬とはまた違った遊び友達だった。いろいろな違った性質の動物たちと泣いたり笑ったりしながら遊んだ思い出が、今にして思えばこの世で一番幸せな時間だったように思う。

一番下の弟は鶏小屋の中に入って鶏が卵を産むのを待っている。産みそうになると両手で卵をキャッチして遊んでいた。

アヒルの卵はダチョウの卵より小さく、鶏の卵より大きい。

ウサギは白い姿と赤い目をして小屋の中で可愛いけれど、餌をやる時は気をつけないと大けがをする。牙（きば）が鋭いのだ。

ヤギはヤギ乳を牛乳の代わりに飲んだ。ちょっと青臭いが、母が砂糖をひと匙加えてくれたら、とてもまろやかになり美味しかった。

豚は意外と奇麗な動物だった。豚小屋から逃げ出した時は、小屋に追い込むまでハアハア息を切らせながら追いかけ回った。その時を思い出すと、けっこう面白かったなあ。

排泄物は悪臭がする。実際に掃除をするとそれぞれの動物のにおいは違う。

牛は農耕を手伝ってもらい、子牛を育てて競りに出して収入にしていた時代があった。競りに出す日は母のようすが何となく落ち着かない。トラックの荷台に積まれていく子牛との別れは、大事に育てた娘を嫁がせる想いがあったのかもしれない。

馬は、耕運機が農家に普及する前は農耕馬として活躍してくれたし、荷車を引かせて木材や農作物などを積んで運ぶのにも役立ってくれた。坂道を上ったり下りたりして我が家にたどり着くと、大きい鼻を動かしてハアハアと苦しそうにしていた。大きい体に汗がにじんでいた。馬だってしんどいのだなあ、と思った。首をさすると、大きくて可愛い目でやさしく見返してくるから愛おしくなり、しばらくそばにいた。桶(おけ)に水を汲んで、餌をやっている父もいつも近くにいたので安心だった。蹴られるようなことは一度もなかった。

「馬は何も言わないけれど、ちゃんと人間を見ているよ」

そんな家族の声を聞きながら私は育った。今は亡き父は、これが一番の情操教育だというようなことを言っていた。


半世紀前の、動物たちと遊んだ思い出は尽きない。

だが、私と一番長く遊んだのは犬のポンコちゃんで、もの心ついた頃から高校を卒業するまで一緒だった。犬の年齢は人間に換算すると実際の何倍もあるそうだが、ポンコちゃんは十四、五歳まで元気に遊び回っていた。特に雪が降った日は大喜びで、耳も尻尾(しっぽ)も喜びにあふれていた。

「寒いから、風邪でもひいたら大変」と母に注意されながら、私とポンコちゃんは庭を駆け回って遊んだ。

そんな愛犬ポンコちゃんの最期を、私は高校を卒業して家を離れていたのでよくは知らない。母はいつものように餌を用意して、ポンコちゃんが戻ってくるのを待っていたそうだ。何日も待っていたが、とうとう、いつまで待っても戻ってこなかったと涙声で言っていた。二、三日前に見た時に足がもたついていたという。その姿を最後に、再び戻ってくることはなかったのだ。

ポンコちゃんは、人間でいえば後期高齢者、長命な犬だったのではないかと思う。母は多分どこかで死んだのではないかと思うと言っていた。悲しくて、一週間涙が止まらなかったらしい。母にとっては、長い間餌をやっていた、愛するもうひとりの家族だったから悲しかったのだろう。犬や猫が心配で、家族に旅行を勧められても出掛けなかった母だった。

犬は、死ぬ時に、人目につかないところでひっそりと死んでいくという話を聞いたことがあったので、ポンコちゃんの最期を知って、それが本当の話なのかもしれないとその時思った。

ポンコちゃんと呼んでいた我が家の愛犬は、当時、父が鉄砲を肩にしょって、雉(きじ)を撃ちに出かけると知ると、尻尾を大きく振ってついて行った。その姿はとてもうれしそうなのだ。

ポンコちゃんは、白地に黒い斑点(はんてん)のある、ダルメシアンという猟犬だった。

近くのスーパーへ買い物に出かけた時、ダルメシアンを連れて散歩している人を見かけた。懐かしくて足を止めてしまった。そして、このエッセイを書くことにした。

平成三十年一月

散歩みち

朝の散歩は　公園の散歩みち
萩の花が　こぼれ落ちて
赤紫の花の色は　秋半ば

ゆうべの月は　十五夜だった
ゆうべの月は　真ん丸だった
ふる里の月も　真ん丸だった

大切なふる里を　想い出し
大切な人を　想い
萩の花が　こぼれるように

涙が　こぼれ落ちた
幾星霜　いつの日か
めぐり会える　その日まで

人の世の　はかなさも
ちりぬる花の　はかなさも
この世の　さだめなのかもしれない

母のふる里

今年も桜の花の開花予報があった。例年より早くなりそうだと報じていた。

私は毎日散歩している。散歩の途中で桜の古木の枝先を見ると、確かに蕾は膨らんできている。来週あたり満開になるかもしれないと楽しみに歩いている。

桜の花の季節が巡ってくるたびに、何となくウキウキしてくるから不思議だ。

お花見シーズンになると、今は亡き母を想う。


母は同じ町から父のところへお嫁に来た。母の実家は山里にあった。便利な町からは遠く離れていたが、水がとてもきれいなところだった。

幼い頃、母に手を引かれて遊びに行った。「突（つ）きぬき」といっていた、絶え間なく水が湧き出る場所があり、夏の季節はスイカなどが湧き水の中でぽかぽかと浮いていた。

庭には池があり、錦鯉（にしきごい）が泳いでいた。春には黄色いアヤメが池の端に咲いていた。その周りを走って遊んだ。池の水面には黄色いアヤメと白い雲が映って、とてもきれいだなと思っていた。

当時は里帰り分娩（ぶんべん）が普通だったらしい。母も私を実家に帰って産んだ。私が生まれると、祖父母は池の鯉を料理して母に食べさせてくれたという。鯉こくなどを作って、母乳がよく出るからと勧められたと母が言っていた。

庭には桜の木も植えてあり、春になると満開になった。

私を産んで初めて屋外に出た、その時にも桜は満開だったらしい。その当時の思い出を、「桜の花が眩しかった」と言っていた母。生涯で一番幸せだったのではないかと思う。

その母ももうこの世にはいない。
桜の花が美しく眩しく感じたという、母の一言が今も私の胸に懐かしい。

陽だまりの
母の寝顔が
おさなくて
数えきれない
しあわせの　しわ

人は誰にも幸せな時代があり、美しい思い出があり、忘れられない一言を残して逝くのではないだろうか。咲き誇る桜の花の下で眩しそうに見上げている若い時の母の姿が浮かんでくる。
母の生まれ育ったふる里は、風流なところだったのである。

私もそろそろ忘れられない、楽しい思い出作りをはじめようかと思う。

終わりに

平成二十八年三月、未曾有の震災の影響で避難していた高齢だった母は、避難先の病院で九十五歳の誕生日を前に生涯を終えました。

日頃から「死ぬ時は自分の家で、畳の上で死にたい」と言っていた母が、「家に帰りたい」と言いながら、避難先の病院で息を引き取りました。

母の生涯は何だったのだろうかと思います。最後まで「原発は安全」と信じていた母の最期を思うと残念でなりません。まだ冷静になれない私がいます。虚(むな)しく想い、悔し涙がこみ上げてくるのです。

私は人と人の関係を大事にしたいから、原発には賛成できません。二度とこのような事故を繰り返してはならないと思います。

原発事故は、忘れてはいけない、風化させてはならないのです。

「私を育てたふる里、かけがえのないふる里を返して」

未来の子どもたちを想い、そう心の中で叫んでいます。この世のすべての愛のために、目に見えない隠された真実を伝えたい。

ふる里への想いは永遠に伝えていかなければならないのです。

そんな気持ちを実現するために、この本を出版しました。ご協力くださった皆様にお礼を申し上げます。

そして誰よりも、拙(つたな)い数々の作品をお読みいただきました読者の皆様に、心からの感謝を申し上げます。

二〇一八年二月

田島 真知

著者プロフィール

田島 真知（たじま まち）

1946年、福島県生まれ
福島県立高等看護学校卒業
東京都在住

望郷・ふる里福島 東日本大震災と、その他つれづれ

2018年 4 月15日 初版第 1 刷発行

著　者　田島 真知
発行者　瓜谷 綱延
発行所　株式会社文芸社
〒160-0022 東京都新宿区新宿1－10－1
電話 03-5369-3060（代表）
03-5369-2299（販売）

印刷所　株式会社フクイン

ISBN978-4-286-19314-4